不教青史盡成灰

仉家彪 著

仉家彪書函檔案

獻給我海峽兩岸的親人們

1947年筆者（左一）與黃森寶同學在倫敦合影

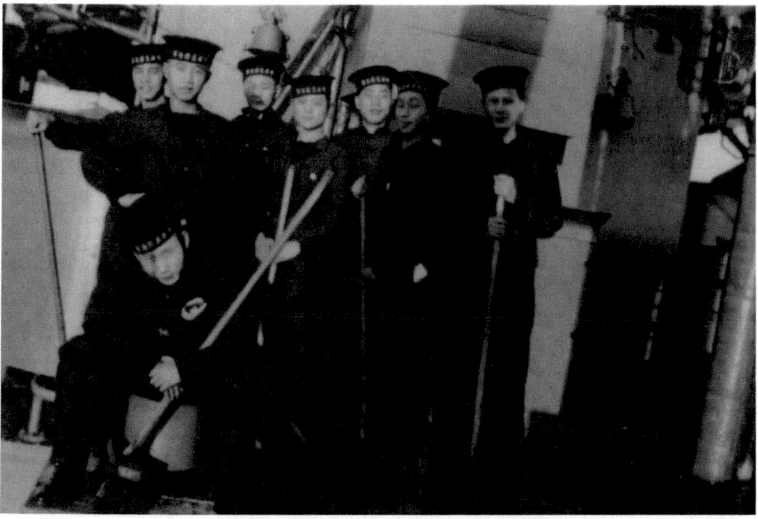

1947年筆者（第二排左一）與留英海軍同學在訓練舺前甲板合影

1947年在英國皇家海軍受訓時所攝，前排中間者是筆者

1958年在高雄與美國第七艦隊官員合影（右一為筆者）

1969年與妻女在台灣中部風景區合影

1969年筆者擔任海軍總部外事連絡室上校主任時與越南駐華海軍武官合照

1976年陪同美國國會議員拜會行政院蔣經國院長

1976年筆者在駐美大使館擔任國會組一等秘書時，在國會大廈前方留影

1977年與蔣表姊在美國國會大廈前合影

1977年筆者（右後二）於駐美大使館同事馮寄台老弟（右後一）府上與國會友人聚餐

1977年陪同美國參議員Eastman夫婦及外交部錢復次長遊覽東西橫貫公路

蘇聯真理報駐奧地利特派員*Dr. Melnikov*應邀訪華拜會筆者

筆者訪問冰島時與雷克雅未克市市長*Mr. M. Ö. Antonsson*合影（背景為一九八六年美蘇舉行高峰會議所在地）

赴歐工業科技訪問團拜會德國*Baden-Württemberg*邦政府經濟暨科技廳對外關係處處長*Mr. von Haefren*

1988年首次返滬探親，攝於抗戰前老家門口

1988年首次赴大陸探親，筆者夫婦在北京與大嫂合影

1988年筆者夫婦應邀陪同當時經濟部國際貿易局局長蕭萬長夫婦訪問瑞士

1990年代，筆者擔任「中歐貿易促進會」秘書長時，於「中歐」主辦的研討會致開幕詞

1990年代筆者夫婦與二哥及四弟夫婦在上海合影

1990年與上海親友們合影

1990年筆者與經濟部同仁訪問倫敦

1990年筆者在巴黎聖母院前留影

1990年筆者與北京親戚們合影

1990年代與海軍同學夫婦在台北合影

1991年筆者應邀參加經濟部駐歐人員會議

1991年筆者（前排左四）在上海與家人合影

1991年筆者（前排右二）與家人遊南京中山陵

1991年6月擔任中歐貿易促進會秘書長時應邀出席倫敦英華經貿協會

1992年舉行中瑞（典）經濟合作會議時擔任中方主席

1992年筆者夫婦參加故行政院孫運璿院長九十大壽合影

1993年筆者夫婦與海軍官校同學旅遊大陸合影

1993年筆者在上海與錫夔表哥（右二）家龍哥（右三）及咸萃表哥合影

1993年筆者與妻女遊東北哈爾濱市

1993年蔡英文教授（當時擔任民進黨主席）應邀演講

1993年任職中歐貿易促進會秘書長時主持研討會

1994年筆者與二哥二嫂在上海城隍廟合影

1995年筆者應邀在福州演講

1995年與同學遊長白山，第一排右邊三人為筆者及妻女

2006年與妻女在台北合影

2008年5月16日，於上海與留英海軍同學合影

筆者與海軍官校同學們聚餐合影

筆者與海軍官校同學合影

自序／回首我們的時代

我今年虛歲已經九十歲，回顧一生，我經歷了八年抗戰、國軍撤退來台、大陳島撤退、金門砲戰以及美國與中華民國斷交，一直是處於挨打的情況，這一份痛是真正地痛啊！

我在一九七八年於駐美大使館國會組參事任內，因深感自己個性不適於官場，況且調我去外交部工作的老長官已對我不滿，因此就自請調回台北辦理退休，我很感激當時主管美國事務的外交部錢復次長，瞭解我的困境後，准我退休。

一九八〇年觀光局老長官曹嶽維先生出任新成立的半官方機構「中歐貿易促進會」秘書長，他邀我出任副秘書長。一九九三年我因心血管堵塞，作了氣球擴張手術及裝了支架，健康情形受損，因而轉任顧問，以迄「中歐」於一九九六年併入「國際經濟合作協會」為止。謹將我於一九八〇年至一九九三年間訪問歐洲國家報告的封面納入本書之中。

一九八七年中，台灣開放榮民赴大陸探親，我於一九八八年十月回上海及北京等地探親，一九九〇年筆者與一九四六年－一九四八年同赴英國接受皇家海軍水兵訓練的「重慶艦」與「靈甫艦」的同學們取得連絡，並於一九九〇年第一次在上海參加上海歐美同學會留英海軍同學會的聚會。老同學們在離散四十年後再能重聚，大家悲喜交集。當時上海歐美同學會副會長袁隨善老前輩與我詳談，知道我的經歷後，預約於一九九一年參加同學會時，在上海市政協大禮堂對歐美同學會作一次國際經貿專題演講，開始了我在大陸的第一次演講。

文革時代，留英海軍同學都受到迫害，改革開放後，他們都得到平反，有些同學還在家鄉擔任政協委員，他們紛紛爭取我去他們居住的省市訪問，並在政協、外經貿單位及大專院校演講、座談及專題研討會。迄一九九五年為止，我已在上海、北京及天津各市，江蘇、浙江、安徽、福建、廣東、湖北、四川、山東、河南、河北及遼寧省等十一省的大學院校、政協、外經貿等單位講演、座談會及研討會約計七八十次，聽講人數估計有七八千人，我能在大陸經濟發展啟蒙時期，略盡棉薄之力，乃是我人生最大的榮事，也是我畢生學習及工作經歷累積之智慧，發揮到淋漓極致的境界。

近日整理檔案，深覺來日無多，應將我在台北於政府及民間經貿單位工作，以及應邀在台北及大陸各省市演講的資料，整理出版，讓海峽兩岸的親友、老同學們分享當年我們如何共同為國家獻出我們的青春與心血。

羅馬時代的凱撒大帝曾豪氣萬丈地宣告：「我來了，我看到了，我征服了！」我也要自傲地大聲宣告：「我來了，我看到了，我寫出來了！」

最後，我要感謝上海的表妹蔣燕玉女士為我先前出版的，《血歷史》、《誰說弱國無外交》以及《關鍵外交年代》等三本書的初稿，提出增減的建議。此外，我也要感謝「中歐貿易促進會」的老同事程春菊女士及李寶珠女士幫我打字校對。

民國一〇七年三月二十九日自序

目次

輯一　經濟部函文

經濟部（函聘）

保存年限	
檔號	

速別	速件
密等	
解密條件	公布後解密 附件抽存後解密 年　月　日自動解密
受文者	中歐貿易促進會仉秘書長家彪
行文單位 正本	中歐貿易促進會仉秘書長家彪
行文單位 副本	
批示	
擬辦	
蓋印	
發文 日期	中華民國82年3月3日
發文 字號	經（82）人〇八一八四〇號
發文 附件	

茲聘

台端為本部產業發展諮詢委員會貿易政策審議會審議委員，聘期至民國八十二年六月三十日止。

部長 江丙坤

經濟部投資業務處　函

最速件

受文者：中歐貿易促進會

主　旨：貴會仉顧問編撰「經貿英文書信寫作範例」內容翔實，頗具參考價值，敬請惠贈十冊俾供業務參考，至紉公誼。

中華民國捌拾貳年拾貳月拾〔illegible〕日發文

經(82)投資二字第008557號

經濟部投資業務處

歐收 001486 號

82 年 12 月 13 日

經濟部工業局（函）

保存年限	
檔號	

速別：

密等：

解密條件：公布後解密／附件抽出後解密／年月日自動解密

台北市10631信義路三段四十一之三號
電話：(02) 7 5 4 1 2 5 5
傳真：(02) 7 0 3 0 1 6 0

受文者：中歐貿易促進會

行文單位：
正本：中歐貿易促進會
副本：

發文：
日期：中華民國83年1月20日
字號：工(八三)六字第003158號
附件：

主旨：貴會仉顧問家彪所編撰「經貿英文書信寫作範例」極具參考價值，敬請　賜贈該範例十冊，以為本局同仁日後為文之參考。

批示：

擬辦：

局長　尹啟銘

中歐收 0094 號　83年1月24日

390 × 267 m/m 模 65g/m² 2000張／箱 × 6箱 .82.01　表W201

保存年限	5
檔號	

經濟部貿易調查委員會（函）

受文者：中歐貿易促進會

行文單位：正本：中歐貿易促進會；副本：業務組

發文日期：中華民國八十三年八月五日

發文字號：貿調（八三）調字第00266號

附件：

速別：

密等：

解密條件：公布後解密／附件抽存後解密／年月日自動解密

批示：

擬辦：

主旨：貴會出版之「經貿英文書信寫作範例」內容豐富，極具參考價值，敬請惠贈三冊，珍藏本會，以供參閱，請　查照。

正本

裝　訂　線

中歐收 001094 號
83 年 8 月 10 日

經濟部國際貿易局（函）

保存年限	
檔號	

速別：速件

密等：

解密條件：公佈後解密／附件抽存後解密／年月日自動解密

受文者：中歐貿易促進會

行文單位：
正本：中歐貿易促進會
副本：

發文：
日期：中華民國八十二年十月廿二日
字號：貿（八十二）三發字第2054 11號
附件：

批示：業務組

擬辦：

主旨：頃獲贈貴會仉顧問家彪新編之「經貿英文書信寫作範例」乙書五十冊，本局各組均認甚具參考價值，盼能再惠贈一百冊，俾供本局相關同仁及歐洲以外其他地區駐外商務人員參用，至紉公誼。

中歐收 001313 號
82 年 10 月 26 日

復文請敘明原文字號

第一頁（全　頁）

保存年限
檔號

經濟部國際貿易局（聘函）

速別：
密等：
受文者：仉家彪先生
副本收受者：
批示：
擬辦：

茲聘
仉家彪先生為本局顧問

局長蕭萬長

發文 蓋印
日期：中華民國七十一年二月四日
字號：貿（七十一）人發字第3177號
附件：

復文：請敘明原文字號
郵區地址：107臺北市湖口街一號

經濟部國際貿易局（函）

保存年限	
檔號	
速別	最速件
密等	
解密條件	公布後解密 附件抽存後解密 年　月　日自動解密
復文請敘明原文字號	
受文者	仉顧問家彪
行文單位 正本	仉顧問家彪
行文單位 副本	
發文 日期	中華民國85年5月6日
發文 字號	貿(85)人發字第04955號
發文 附件	
批示	
擬辦	

主旨：本局為加強同仁對世界貿易發展趨勢之瞭解，特訂於本（85）年五月十四日（星期

二）下午二時三十分在七樓大禮堂舉辦「世界貿易及投資發展的新趨勢」專題演講

素仰　台端對上述專題獨具創見，請惠允撥冗蒞局演講，不勝感禱，為荷。

第一頁（全　頁）

裝訂線

保存年限	
檔號	

經濟部國際貿易局（函）

速別：

密等：

解密條件：公布後解密　附件抽存後解密　年　月　日解密

受文者：仉顧問家彪

行文單位	
正本	仉顧問家彪
副本	

發文	
日期	中華民國八十五年六月廿七日
字號	貿(85)人發字第07156號
附件	

批示

擬辦

主旨：本局為提高同仁撰擬英文函件與演講稿之能力，特訂於本(85)年七月五日起，每週五下午四時至五時共十週計十小時，假本局七樓大禮堂開辦「經貿英文書信寫作班」，素仰　台端在經貿實務方面學養精深且胸羅萬機、筆掃千軍，懇請　惠允撥冗蒞局授課，不勝感禱。

局長林義夫　公出

副局長曾連豐代行

保存年限	
檔號	

經濟部（聘函）

速別：速件

密等：

解密條件：公布後解密／附件抽存後解密／年月日自動解密

受文者：中歐貿易促進會仉秘書長家彪

行文單位

正本：中歐貿易促進會仉秘書長家彪

副本：

批示：

擬辦：

蓋印：

發文

日期：中華民國82年3月3日

字號：經（82）人○八一八四○號

附件：

茲聘

台端為本部產業發展諮詢委員會貿易政策審議會審議委員，聘期至民國八十二年六月三十日止。

裝訂線

經濟部國際貿易局（函）

保存年限	
檔號	

速別	受文者	行文單位 正本	行文單位 副本
	仉顧問家彪	陳顧問國現 仉顧問家彪	林執行秘書松茂

密等：

解密條件：公布後解密；附件抽存後解密；年　月　日自動解密

發文日期：中華民國七十七年十二月十二日

發文字號：貿（七十七）人發字第26574號

附件：

批示：

擬辦：

主旨：本局舉辦返國留學生（碩士資格）甄選，其中英文、國文、日文一科，煩請　台端命題及測驗後閱卷。甄選題目（答題時間九〇分鐘）幷請於本（十二）月十八日前密封寄達本局人事室熊主任（封面幷請註明係某科試題）或請電話三二一九〇二七聯絡，本局派員往取，請察照惠允。

復文請敘明原文字號

保存年限	
檔號	

經濟部國際貿易局書函

速別：最速件

受文者：仉顧問家彪

副本收受者：

發文日期：中華民國七十四年十月廿九日

發文字號：貿(七四)人發字第29724號

附件：

主旨：行政院青輔會推介國內國際貿易研究所碩士，本局予以甄選，其中英文一科，煩請台端命題及測驗後閱卷，甄選題目（答題時間一小時）并請於十一月一日前密封寄本局人事室王主任（十一月二日上午甄選用，封面并請註明係試題）或請電話聯絡，本局派員趨取，請　察照惠允。

（八）

裝　訂　線

74. 7. 100本(100×1) (文行)

經濟部國際貿易局（函　）

保存年限：

檔號：

速別：

密等：

解密條件：公佈後解密／附件抽存後解密／　年　月　日自動解密

受文者：仉顧問家彪

行文單位：正本／副本

發文日期：中華民國七十九年五月二日

發文字號：貿（七十九）人發字第07266號

附件：

復文請敘明原文字號

批示：

擬辦：

主旨：本局舉辦編制人員（荐任科員）甄選英文一科煩請　台端命題及閱卷（應甄者資格是大學畢業、高考或乙等特考及格）答題時間八十分鐘，試題請於本（五）月十日前密封擲交本局人事室熊主任，或請電話聯絡（三三一一九〇二七）本局派人前往索

第一頁（全　頁）

取，請　查照惠允。

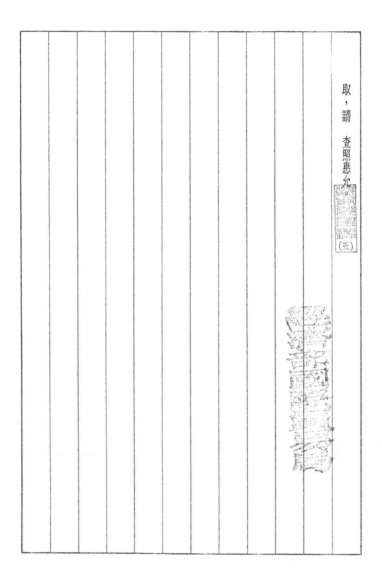

副本

最速件

經濟部國際貿易局（函）

保存年限

檔號

速別

密等

受文者：中歐貿易促進會

副本收受者：貴會仉顧問家彪、四組、本部國合處

批示

擬辦

蓋印

發文日期：中華民國六十九年四月八日

發文字號：貿（六九）四發字第7631號

附件

主旨：第十四屆中韓經濟合作會議貿易合作組分組會議訂本年四月十日至十二日假本部簡報會議室舉行，敬請　貴會指派仉顧問家彪於上述時間內擔任我方貿易合作組分組會議顧問負責英文文件之檢核工作，請查照。

復文：請註明原文字號

本局地址：107臺北市湖口街一號

裝

訂

線

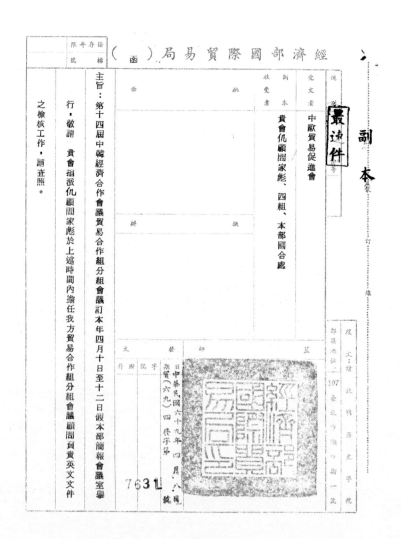

說明：一、檢送本次會議部分日程表乙份，請查收。
二、本案本局聯絡人爲第四組李金鎰（連絡電話：三五一七四〇三）。

局長 邵學錕 公出
副局長 魯肇忠 代行

66. 5. 30,000

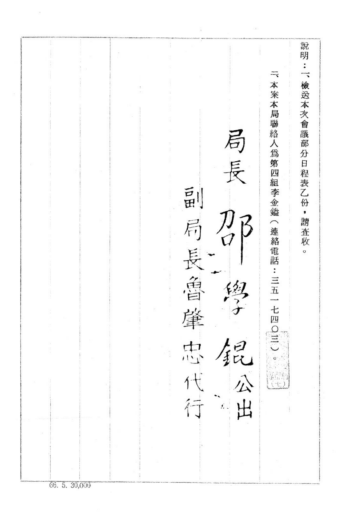

保存年限
檔號

經濟部國際合作處（函）

電話：（〇二）三九一一八一九二
地址：台北市10722福州街十五號

速別：最速件

受文者：中歐貿易促進會

副本

收受者

發文日期：中華民國八十二年十一月十六日

發文字號：（八二）國合處發字第〇三九三號

附件：無

主旨：貴會仉顧問家彪編撰之「經貿英文書信寫作範例」對本處業務，極具參考價值，請惠贈送拾本俾供本處同仁參考，至紉公誼。

批示

擬辦

經濟部國際合作處

中歐收001389號
82年11月17日

79. 2. 500本

中華民國經濟貿易拓展協會（函）

受文者：侃彪先生

副本抄送機關：

主旨：本會籌辦「企業家午餐聯誼會」敬請台端蒞臨指導並作專題講座。

說明：

一．本會於八十一年八月廿二日奉內政部台內社字第八一一四三六六號經核准成立在案（附件一影本）

二．為使本會各常務委員瞭解政府六年國建，推行政令特撰分地區舉辦「企業家午餐聯誼會」活動（如附件二附表）特邀請台端為本活動貴賓蒞臨指導，并主持專題講座，本會倍感榮幸，請查照賜复為禱。

發文	
附件	如文
日期	中華民國八十二年四月二十二日
字號	經貿（原）字第一一二號
所在地址	台北市忠孝東路二段一三〇號十一樓

中華民國經濟貿易拓展協會

保存年限

檔號

經濟部國際貿易局（函）

速別：

密等：

解密條件：公布後解密　附件抽存後解密　年　月　日自動解密

受文者：仉顧問家彪

行文單位

正本：陳顧問國琨、仉顧問家彪、林執行秘書松茂

副本：

發文

日期：中華民國七十七年十二月十二日

字號：貿（七十七）人發字第26574號

附件：

復文請敘明原文字號

批示：

擬辦：

主旨：本局舉辦返國留學生（碩士資格）甄選，其中英文（國文 日文）一科，煩請　台端命題及測驗後閱卷，甄選題目（答題時間九〇分鐘）并請於本(十二)月十八日前密封寄達本局人事室熊主任（封面并請註明係某科試題）或請電話三二一九〇二七聯絡，本局派員往取，請察照惠允。

輯二　各級政府部會函文

保存年限	
檔號	

考選部（函）

速別	最速件
密等	
解密條件	
附件抽存後解密	
公布後解密	
年月日自動解密	

受文者：仇委員家彪

行文單位
正本：吳委員大誠等
副本：施典試委員長嘉明（含委員名單乙份）

發文
日期：中華民國81.年8.月26.日
字號：(81)選特字第四三〇一號
附件：聘書乙張

批示

擬辦

主旨：檢送八十一年特種考試外交領事人員、外交行政人員暨國際新聞人員考試口試國際經濟商務人員考試口試委員聘書乙張，請 查收。

說明：依據考試院民國八十一年八月十九日(81)考台人字第二五九〇號函辦理。

考選部

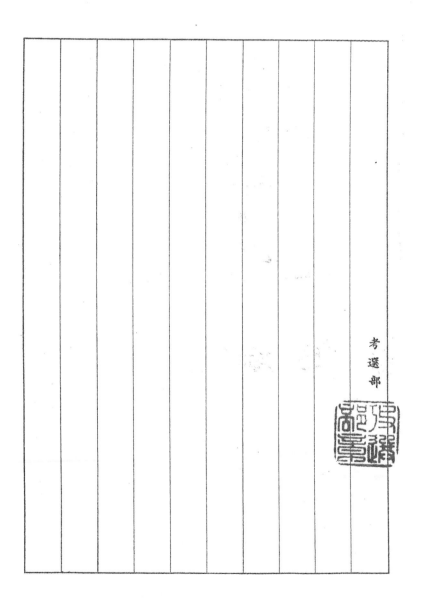

保存年限
檔號

經濟部工業局（函）

速別

密等

解密條件

公布後解密
附件抽出後解密
年月日自動解密

台北市10631信義路三段四十一之三號
電話：(02)7541255
傳真：(02)7030160

受文者：中歐貿易促進會

行文單位
正本：中歐貿易促進會
副本：

發文
日期：中華民國83年1月20日
字號：工(八三)六字第003158號
附件：

批示

擬辦

主旨：貴會仉顧問家彪所編撰「經貿英文書信寫作範例」極具參考價值，敬請 賜贈該範例十冊，以為本局同仁日後為文之參考。

局長 尹啟銘

中歐收 0094 號
83年1月24日

390 × 267 m/m 模 65g/m² 2000張/箱 × 6箱 .82.01 表W201

交通部觀光局（函）

保存年限
檔號

速別
密等
解密條件
公布後解密
附件抽存後解密
年 月 日自動解密

受文者：中歐貿易促進會

行文單位
正本：中歐貿易促進會
副本：

發文
日期：中華民國八十二年十月七日
字號：觀國(82)字第二〇二一五號
附件：

批示
呈
秘書長
（業）

擬辦

中歐收 001312 號
82年10月22日

主旨：貴會秘書長仉家彪先生大作「經貿英文書信寫作範例」乙書，對提升本局人員英文寫作能力極有助益，敬請惠允本局印製分發運用。請查照惠復。

局長 張自強

保存年限 年

檔號

行政院公平交易委員會簡便行文表

速別	受文者	行文單位 正本	行文單位 副本	主旨	發文單位
密等	經濟部中歐貿易促進會	經濟部中歐貿易促進會		貴會出版之「經貿英文書信寫作範例」甚具參考價值，茲因業務需要，請 惠予贈閱四本供參，請 查照。	行政院公平交易委員會

業務組

行政院公平交易委員會(印)

來文日期字號	發文日期	發文字號	附件
	中華民國82年10月19日	(82)公企字第五三八二八號	

解密條件：公布後解密　附件抽存後解密　年　月　日自動解密

中歐收 001302 號

82年10月20日

外交部外交領事人員講習所簡便行文表

項目	內容
速別	密等
受文者	仉秘書長家彪
行文單位（正本）	
行文單位（副本）	
來文日期字號	
發文日期	中華民國[illegible]
發文字號	外講(81)字第236號
附件	如說明五
主旨	敬邀　蒞所講授「歐洲共同體簡介及其對我經貿之影響」課程。
說明	一、講授對象：外交領事及國際新聞特考及格人員。 二、授課時間：八十一年六月十日（星期三）上午九時至十一時五十分。 三、授課地點：台北市仁愛路四段八十號本所第　大禮堂　教室。 四、聯絡電話：七〇七三四四一或七〇七三〇二三教務組。 五、檢附課程講授大綱空白表格三份，請於授課三日前擲交本所教務組，俾適時影印分發學員。
發文單位	外交領事人員講習所

八十一年特種考試外交領事人員、外交行政人員暨國際新聞（國際經濟商務）人員考試試務處 函

保存年限	
檔號	

速別	最速件
密等	
解密條件	
受文者	仇委員家彪
行文單位 正本	劉委員垕等
行文單位 副本	施典試委員長嘉明 本部部、次長室 考試院總務科
發文 日期	中華民國81年8月18日
發文 字號	(81)選特字第四二三八號
發文 附件	如文
	附件抽存後解密
	公布後解解密
	年 月 日自動解密
批示	
擬辦	

主旨：請惠臨主持八十一年特種考試外交領事人員、外交行政人員暨國際新聞（國際經濟商務）人員考試之口試。

說明：

一、依據本考試典試委員會第一次會議決議辦理。

二、本項口試定於本（八十一）年八月三十日（星期日）上午八時卅分起在台北市長順街二號市立大理國民中學舉行，請於是日上午八時前惠臨考場參加口試預備會議。

三、連絡電話：考試前〇二－九三六四六一一；考試中〇二－三〇六九一九〇。

四、檢附試區地理位置簡圖及口試試場分佈圖各一份。

八十一年特種考試外交領事人員、外交行政人員暨國際新聞人員考試

八十一年特種考試國際經濟商務人員考試

立法院外交委員會（函）

保存年限	
檔號	

速別：

密等：

受文者：仉秘書長家彪

副本收受者：

批示：

擬辦：

蓋印：

發文日期：中華民國柒拾玖年拾貳月廿貳日發文

發文字號：(79)外議字第438號

附件：

主旨：舉行八十六會期本會第九次全體委員會議討論「如何加強中歐關係」，敬請踴躍參加。

說明：

P歐收-01616號
59年11月23日

檔號	
保存年限	年

財政部營邊段建設執行小組（聘函）

速別：

密等：

受文者	分行單位	事由	批示
仉副執行秘書家彪	正本： 副本：		

	擬辦

茲敦聘

台端兼任本營邊段建設執行小組副執行秘書

啟

財政部營邊段建設執行小組

EXECUTIVE COMMITTEE-YIEN PIEN PROJECT MINISTRY OF FINANCE

發文			
附件	日期	字號	地址
	(62) 2. 6.	(62)台財營政字第〇六〇號	台北市南京東路二段53號四樓

輯三　學術單位及民間機關函文

財團法人中華民國貿易教育基金會

經濟部國際貿易局贊助本會與台北市進出口公會舉辦「對歐貿易實務進修班」第一期學員反應特為良好、並對諸講師之認真講授、獲益良多、至深感荷。茲檢奉第二期課程表一份、敬請屆時蒞臨主講為禱

仉顧問家彪 謹上

中華民國貿易教育基金會 謹啟

八十二年四月十二日

最速件

（八二）華經研字第0五八九號

家龐秘書長 惠鑒：

為探討台灣產業在區域化與全球化過程中所受的影響，及其因應對策，本院與經濟部工業局訂於本（八十二）年六月七日（星期一）假台北市長興街七十五號本院大會議廳，召開「台灣產業國際化」研討會（Conference on Internationalization of Taiwan Industry），邀請國內、外學者、專家共同研討，以融合各方的觀點，提出具前瞻性與可行性之建議。

久仰

台端對台灣經濟發展極為關切，在產業國際化方面素有研究，特函奉 邀，請撥 冗出席，抒示 卓見。隨函檢附研討會暫定議程乙份，請 參閱；另附回單一紙，請填妥惠於本（五）月廿二日前利用所附信封（或傳眞）擲回本院，以利準備開會資料。耑此奉 懇，

順頌

時祺

于宗先 敬啓

八十二年五月十五日

地址：台北市大安區長興街七十五號
電話：七三五—六〇〇六．電傳：七三五—六〇三五

國立政治大學國際關係研究中心學術座談會討論題綱

一、討論主題：後冷戰時期的東歐

二、主席致詞：林主任

三、引言報告：（每人五分鐘）

㈠黨政現況

㈡民族主義紛爭

㈢經濟改革進程

㈣社會現象與問題

㈤我國與東歐國家關係現況（擬請外交部歐洲司派員指教）

四、自由討論：（每人每次五分鐘）

討論題綱：

㈠共黨蛻變後的政策取向

㈡新興民主政黨的整合問題
㈢憲政體制的改革問題
㈣東歐國家少數民族問題之動向
㈤東歐國家的民族政策
㈥東歐國家難民問題的衝擊
㈦私有化政策
㈧走向市場經濟所面臨的困境
㈨西方國家對東歐經濟援助的績效
㈩重建社會新秩序的問題
㈩㈠認同民主政治的危機
㈩㈡宗教信仰與文化意識
㈩㈢我國與東歐國家之展望

國立政治大學國際關係研究中心

家彪

先生道席：謹訂於民國八十一年十月十六日（星期五）下午二時至四時在本中心新大樓簡報室舉行學術座談會，討論「後冷戰時期的東歐」。素仰

先生學養淵博，對上述問題研究精湛，特函邀請屆時撥冗蒞臨，惠賜

卓見，敬懇

俞允，至感榮誼，專此奉邀　順頌

道安

林碧炤　敬啓

八十一年九月十六日

79. 7. 20,000張

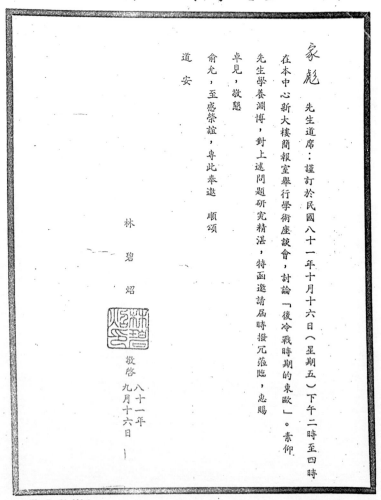

私立淡江大學（聘函）

保存期限	
檔號	

速別	密等

受文者：仉家彪先生

副本收受者：

批示：

擬辦：

茲敦聘

仉家彪先生為本校歐洲研究所八十學年度第一學期碩士論文口試委員。

此聘

校長 趙榮耀

發文	
日期	中華民國八十年十二月十八日
字號	(80)校人字第三二一三號
附件	

蓋印

郵區地址：台北縣淡水鎮25137英專路一五一號

保存年限
檔號

台北國際會議中心（函）

正本

速別	
密等	
解密條件	公布後解密 / 附件抽存後解密 / 年 月 日自動解密
受文者	仉秘書長家彪
行文單位 正本	仉秘書長家彪
行文單位 副本	
批示	
擬辦	

發文日期	發文字號	附件
中華民國捌拾年柒月卅壹日發文	國議推069號	

主旨：茲聘　台端自八十年七月一日至八十一年六月卅日止為本中心英文顧問。

總經理　陳植

復文請敘明原文字號

裝訂線

中國青年反共救國團總部

家彪先生勛鑒：

本團訂於八十年二月一日至八日於台北市中山北路四段十六號劍潭海外青年活動中心舉辦冬令青年自強活動「國際經貿事務研習會」，擬聘請

先生講授「國際經貿展望研討會」課程，隨函檢附課程表乙份，屆時敬請

俞允撥冗蒞臨講授為感。耑此　並頌

勛綏！

中國青年反共救國團總部

敬啓　八十年元月十日

附註：一、如有講義或講授大綱，請於元月十九日以前寄送本團海外處承辦人，以備影印轉發學員。

二、連絡人：蔡秀蘭　電話：五〇二五八五八轉海外處。

（專供公務使用）

歐收 00P6
80年 1 月 22

財團法人中華民國貿易教育基金會

經濟部國際貿易局贊助本會與台北市進出口公會舉
辦「對歐貿易實務進修班」第一期學員反應特為良好、
並對　諸講師之認真講授、獲益良多、至深感荷。
茲檢奉第二期課程表一份、敬請屆時蒞臨
主講為禱
謹上
仉顧問家彪

中華民國貿易教育基金會　謹啟
八十二年四月十二日

亞洲與世界社（函）

保存期限	
檔號	

性質：件

受文者：仉秘書長家彪

副本收受者：

主旨：為增進對歐洲的了解，促進我國與歐洲的經貿關係，本社特舉辦「中歐關係研討會」，素仰 尊席學有專精，懇請撥冗蒞會討論，是所至盼。

說明：一、時間：中華民國七十九年九月二十二日（星期六）。

二、地點：台北國際會議中心二〇一室。

三、隨函檢送本研討會議程草案乙份，請 卓參；另問卷乙份，請填妥後擲回本社。

四、本項會議聯絡人：孫憶玲（電話：七七二一〇五五一）

發文

字號	日期	附件
(79)[illegible]字[illegible]號	中華民國柒拾玖年玖月伍日	

收文日期

19/10 主任 [illegible]

001268

79 9 10

華僑銀行

家彪吾兄鈞鑒：

本行爲提昇行員素質，加强對世界經濟貿易之認識，茲訂於二月廿日（星期日）下午二時至五時，假本行汐止員工訓練中心（地址：台北縣汐止鎮茄福路35巷11號）舉行本行第六次「僑銀星期講座」，素仰吾兄潛研國際貿易與世界經濟多年，學養俱豐，譽滿財經界，承允屆時蒞臨主講：「世界貿易發展的回顧及世界區域整合的展望」。隆情盛意，無任感荷。

耑此 順頌

時綏

弟 陳耀奇 謹啓

八十三年一月廿一日

台北國際會議中心（函）

正本

保存年限

檔號

別	受文者	行文單位		批示
		正本	副本	
	仉秘書長家彪	仉秘書長家彪		

密等

解密條件

公布後解密

附件抽存後解密

年 月 日自動解密

擬辦

日期	字號	附件
中華民國捌拾年肆月拾貳日發文	國議推044號	

復文請敘明原文字號

裝訂線

主旨：茲聘　台端自七十九年五月一日至八十年六月三十日止為本中心英文顧問。

總經理　陳植

理律法律事務所
台北市敦化北路二〇一號七樓

發文 八二－一五二四號

家彪先生大鑒：

敬謹敦聘 先生為本事務所顧問。聘期自民國八十二年四月一日起至民國八十三年三月三十一日止。

耑此 敬頌

時祺

徐小波
陳長文 敬上

中華民國八十二年五月十八日

1057Z

第 全 頁

郵政信箱619號　電報交換機號碼11651　電話：(02)715-3300　傳真：(02)7133966

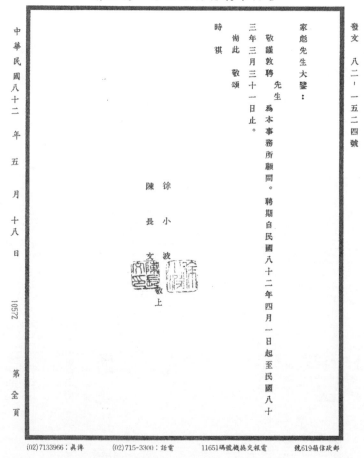

中華民國對外貿易發展協會

聘函 (82)外訓字第〇〇四二一二號

茲　聘

仉家彪先生為本會貿易人才培訓中心養成班第十、十一期週六專題講座「歐洲經濟整合趨勢」講席。

秘書長　劉廷祖

中華民國八十二年六月廿八日

對歐貿易實務進修班第一期課程表（十週60小時）

月	日	星期	第一節 晚間 7:00–8:15	休息 十分鐘	第二節 8:25–9:40	時數	講座
11	5	四	始業式 我國與歐洲各國經貿之關係	國貿局許局長	課程簡介		教務組
11	10	二	歐體經濟區域組織概況			3 / 3	淡大歐研所 鄒忠科所長
11	12	四	國父誕辰紀念（休假）				
11	17	二	歐洲產業經濟概況			3 / 3	淡大歐研所 周添成教授
11	19	四	歐體共同貿易政策			3 / 3	國貿局 陳聰潔科長
11	24	二	歐體原產地認定及反傾銷之因應			3 / 3	國貿局 胡啟娟女士
12	15	二	東歐各國市場分析			3 / 3	外貿協会 蘇成全組長
12	17	四	歐体CE標誌之認識與因應			3 / 3	商檢局 江勝雄組長
12	22	二	對歐貿易運輸實務			3 / 3	陽明公司 盧峯海博士
12	24	四	歐体標準化及認證制度			3 / 3	中標局
12	29	二	歐洲市場企業之競爭策略			3 / 3	李明堯先生
12	31	四	相對貿易實務			3 / 3	崔中先生

月	日	星期	課程	時數	講師	備註
11	26	四	歐体投資環境及據点之選擇	3 / 3	山汶公司 劉山根董事長	
12	1	二	德國商情介紹（德國商務代表） 西班牙商情介紹（西班牙商務代表）	3 / 3	教務組（公會）	
12	3	四	英國商情介紹（英國商務代表） 法國商情介紹（法國商務代表）	3 / 3	教務組（公會）	
12	8	二	荷蘭商情介紹（荷蘭商務代表） 比利時商情介紹（比利時商務代表）	3 / 3	教務組（公會）	
12	10	四	歐洲单一市場發展現況	3 / 3	中歐貿易促進会 仇家彪秘書長	
82年 1	5	二	對歐展覧行銷策略	3 / 3	外貿協會 陳敏全組長	
1	7	四	對歐貿易融資實務	3 / 3	中國輸銀	
1	12	二	我國適銷歐洲產品行銷策略	3 / 3	外貿協會 徐國忠組長	
1	14	四	綜合研討（貿協 國貿局 公會） 結業式（頒發結業證書）			

財團法人中華民國貿易教育基金會（函）聘

檔號	保存年限

速別：

密等：

受文者：仇秘書長家彪先生

副本收受者：

批示：

擬辦：

主旨：本會與台北市進出口公會為應會員建議：鑒於歐体單一市場之形成，為瞭解歐体未來新形勢與有關經貿法規、以增進廠商今後因應能力，經函奉經濟部國貿局同意舉辦「對歐貿易實務進修班」、積極培訓對歐貿易人才、以達拓展商機之目的，特函聘

發文

日期：中華民國八十一年十月 日

字號：(81)貿教基旺字第479號

附件：如文

會址：台北市松江路三五○號八樓

蓋印

中華民國捌拾壹年拾月貳拾日

鈞座擔任「歐洲単一市場發展現況」課程講座，敬祈惠允蒞臨講述，嘉惠學員，至為感禱！

說明：一、檢奉課程表一份，包括講課日期、時間、（均在晚間上課）時數等。

二、講習地點：台北市松江路三五〇號九樓教室（大樓地下室可停車）

三、講義請於一週前擲下，俾便印發學員參用（或請電賜五三一六六九四本會蔡主任當即趨前取稿）

中華民國貿易教育基金會董事長黃政旺

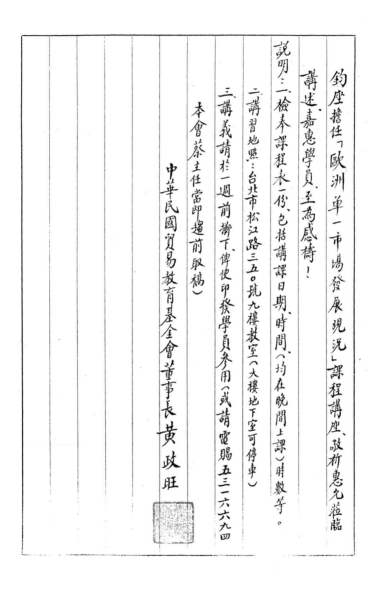

速件

中歐貿易促進會　函

中華民國八十二年七月十日
中歐（八二）業字第〇五一二號

受文者：經濟部國際貿易局

主　旨：關於　貴局函索本會仉顧問家彪編著之「英文文書寫作講義」五十冊一節敬復　鑒察。

說　明：一、敬復　貴局82.7.3.貿（八十二）三發字第一一三三六號函。

二、貴局爲提升同仁英文書信撰寫能力，曾於七十八年舉辦英文文書寫作研修班，邀請仉顧問親往授教，仉顧問爲使同仁能自實例中吸取寫作經驗加深印象，特將其平日蒐集之各類文稿彙整送請　貴局印製成「英文文書寫作研修班講義」分發同仁參考。

三、仉顧問兼任　貴局顧問，負責英文稿件潤修，熱誠負責，十餘年如一日。同仁對渠彙編之講義認爲在英文文書寫作上甚有助益，渠頗感欣慰，並願就原講義重新整理，增列若干篇幅，充實其內容。

四、上項新版講義擬由本會付印，完成後當如數致贈　貴局同仁運用。

家彪教授吾兄道席：此次本中心舉辦之第七屆中歐學術會議，承各方支持協助，
尚稱圓滿。荷蒙
惠允擔任我方出席代表，並勞擔任引言報告，良深感慰。專此申謝，祇頌
道綏

弟林碧炤敬啓

七十九年九月十三日

碧炤用箋

INSTITUTE OF INTERNATIONAL RELATIONS
64 WAN SHOU ROAD, MUCHA, TAIPEI, TAIWAN
REPUBLIC OF CHINA

TEL: 939-4921 (6 LINES)
CABLE ADDRESS:
INSTERREL TAIPEI
FAX: (02) 938-2133

第七屆「中歐學術會議」

壹. 會議主題：共産主義何去何從？
Whither Communism ?

貳. 會議子題與議程

九月三日	09:20-09:50	開幕式	
	10:00-12:10	第一次討論會：	共産主義之沒落 — 綜觀 Decline of Communism : An Overview
		論文發表人：	Dr. R. Stojanovic (Yugoslavia)
	13:30-16:00	第二次討論會：	共黨世界變革對東西歐關係之衝擊 Impact of the Changing Communist World on East-West Relations in Europe
		論文發表人：	Dr. H. Timmermann (West Germany) Dr. P. Régnier (Switzerland) Dr. G.K. Kindermann (West Germany)
	16:10-18:30	第三次討論會：	共黨世界變革對美蘇關係之影響 Impact of the Changing Communist World on US-USSR Relations
		論文發表人：	Dr. J.C. Garnett (United Kingdom) Dr. Y.F. Lin (淡江美研所)
	18:30	歡迎酒會（地點：政大國研中心）	
九月四日	09:30-12:10	第四次討論會：	蘇聯及東歐的變化（壹） Changes in the USSR and Eastern Europe
		論文發表人：	Mr. Y.H. Pi (國研中心) Dr. A. Ágh (Hungary)
	13:30-16:20	第五次討論會：	蘇聯及東歐的變化（貳） Changes in the USSR and Eastern Europe
		論文發表人：	Dr. B. Tálas (Hungary) Dr. M.H. Hung (國研中心) Dr. J. Rowiński (Poland)
	16:30-17:40	第六次討論會：	中華民國與歐洲國家關係之展望 Prospect of the Relationship between the ROC and European Countries
		自由討論：	Chairperson : Dr. Barna Tálas (Hungary) 引言人：仉家彪先生 刘必榮先生
九月五日	09:30-12:10	第七次討論會：	共黨世界變革對中國大陸之衝擊 Impact of the Changing Communist World on Mainland China
		論文發表人：	Dr. F. Godement (France) Dr. C.M. Chao (政大三研所)
	13:30-16:00	第八次討論會：	共産主義對第三世界誘惑力之消褪 Decline of Communist Appeal in the Third World
		論文發表人：	Dr. J.F. De Sousa (Portugal) Dr. J.H. Wu (國研中心)
	16:10	閉幕式	

中央研究院歐美研究所
INSTITUTE OF EUROPEAN AND AMERICAN STUDIES
ACADEMIA SINICA

TEL: (02) 782-1164
782-3108
FAX: 886-2-7851787

家彪 教授道鑒：

本所謹訂於八十三年四月八、九兩日，假本所研究大樓會議廳舉辦「歐洲統合與中歐關係」國際學術研討會，預計邀請國內外學者專家一百二十人參加，並提出相關論文十五篇。隨函附寄本次研討會暫訂議程乙份以供參考。屆時敬請準時蒞臨與會。

耑此奉邀　並頌

時祺

秘書長
沈玄池　敬啓
八十三年3月30日

*如有任何問題請與羅秀青小姐聯絡：電話：七八九九三九〇轉二五〇
傳眞：七八五一七八七

*通往本院之公車路線：聯營公車——二〇五，二一二，二五六，二七〇，二七六，三〇六等直達中央研究院

台北市南港區 115 研究院路二段 130 號 • Nankang, Taipei, Taiwan 115, Republic of China

財團法人中華民國貿易教育基金會

經濟部國際貿易局贊助本會與台北市進出口公會舉
辦「對歐貿易實務進修班」第一期學員反應特為良好、
並對　諸講師之認真講授、獲益良多、至深感荷。
茲檢奉第二期課程表一份、敬請屆時蒞臨
主講為禱
謹上
仉顧問家彪

中華民國貿易教育基金會　謹啟
八十二年四月十二日

中國青年反共救國團總團部

家彪先生勛鑒：

本團訂於八十年二月一日至八日於台北市中山北路四段十六號劍潭海外青年活動中心舉辦冬令青年自強活動「國際經貿事務研習會」，擬聘請

先生講授「國際經貿展望研討會」課程，隨函檢附課程表乙份，屆時敬請

命允撥冗蒞臨講授為感。耑此　並頌

勛綏！

中國青年反共救國團總團部

敬啓　八十年元月十日

附註：一、如有講義或講授大綱，請於元月十九日以前寄送本團海外處承辦人，以便集中印轉發學員。

二、連絡人：蔡秀蘭　電話：五〇二五八五八轉海外處。

（專供公務使用）

歐收 00P6
80年1月22日

保存年限	
檔號	

經濟部國際貿易局（聘函）

速別	
密等	

受文者：仉家彪先生

副本收受者：

批示：

擬辦：

仉家彪先生為本局顧問

茲聘

局長蕭萬長

發文	
日期	中華民國七十一年二月四日
字號	貿(七十一)人發字第3177號
附件	

蓋印

復文：請敘明原文字號

郵區地址：107臺北市湖口街一號

中華民國參加一九七四年世界博覽會工作指導委員會 聘函 [illegible]62字第○○[illegible]號 14

受文者：仉主任秘書家彪

茲聘請

台端兼任本會執行小組秘書組組長

此聘。

召集人 孫運璿

覆文請寄：107台北市福州街十五號

丁4. 62. 5. 100本 @50張

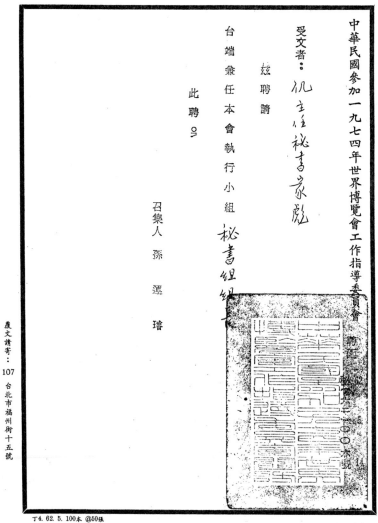

家彪吾兄台鑒：九月十六日

華函敬悉。承

惠大作「經貿英文書信寫作範例」一書，蒐集之英文書信及演講稿等示範性實例，深具實用與參考價值，確可作爲撰擬英文書信之示範手冊，吾

兄嘉惠後學之心意，良深敬佩。過去於此方面，即曾渥蒙

費心協助，於今仍感念莫名，贈書雅意，併此敬申謝忱。

耑此布復，順頌

時綏

弟蕭萬長敬啓 八十二年十月四日

萬長用箋

經（81）人〇八二〇八一號

家彪秘書長吾兄勛鑒：

本部爲積極拓展國際經濟貿易，刻正舉辦八十一年國際經濟商務人員第七期學員職前專業訓練，素仰吾兄學海淵博，精湛經貿，擬懇授傳經略，嘉益其專業知能，俾以遵循敬業，檢奉第十五週課程表如附件，敬請　覽察。耑此佇候指教，並頌

勛綏

蕭萬長　敬啓

三月十一日

副本抄送：國際貿易局

本部人事處

萬長用箋

經（82）國合〇八四三五七號

家彪顧問吾兄勛鑒：本（八十二）年三月廿五日
大函敬悉。承告吾
兄本年三月底卸除中歐貿易促進會秘書長職務，專任顧問工作，感念
至深。吾
兄四十年來參與我國經濟發展工作，表現卓越，貢獻良多，尤其近十
餘年來，協助拓展我對歐關係及歐洲市場，披荆斬棘，奠定良基，乃
有今日中歐經貿合作蓬勃之發展，無任欽佩。現功成身退，而仍退而
不休，欲將我經濟發展之經驗推廣至我國大陸，期使我全國人民共享
繁榮富庶，此種宏偉胸襟，尤令人敬佩無已。國際經貿情勢多變，今
後仍祈
貢獻寶貴經驗，時惠教言，俾資增益，無任感幸。耑此奉復，順頌
時綏

弟
江丙坤 敬啓
五月五日

丙坤用牋

產貨品對歐體出口之相關輔導事宜，由渠協助處理該
項業務似屬允當，惟倘
先生另有指正，敬請不吝賜告，本部自當竭力配合。
知關廑注，耑此奉復，順頌
時綏

後學 錢 復 敬啓
八十二年五月五日

君復用箋

公亮先生大鑒：本（八十二）年四月七日

華翰暨附件均敬悉。亞太經濟合作（ＡＰＥＣ）傑出人士小組（ＥＰＧ）會議事，諸承撥冗費神，無任銘感。有關ＥＰＧ主席DR. FRED BERGSTEN 來函請我就其貿易自由化議題研究綱要表示意見案，

先生所示意見立論精闢，復敬表贊同。至指派專人協助

先生處理ＥＰＧ業務事，中歐貿易促進會仉前秘書長家彪嫻於外交、經貿事務，目前擔任該會之顧問，負責處理台商對歐體出口及赴大陸投資台商將在大陸生

君復用箋

第三組

中華民國參加一九七四年世界博覽會工作指導委員會 聘函 62 秘字第二〇〇號 62. 6. 14

受文者：仉主任秘書家彪

茲聘請

台端兼任本會執行小組秘書組組長

此聘。

召集人 孫 運 璿

覆文請寄：107 台北市福州街十五號

丁4. 62. 5. 100本 @50張

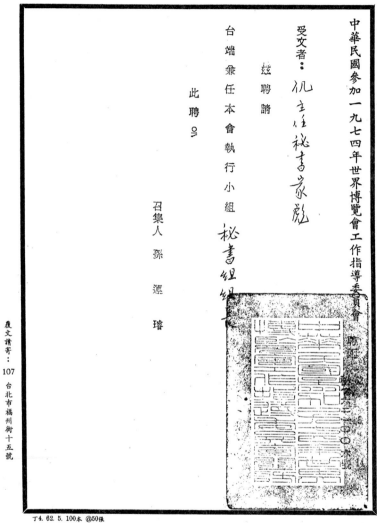

第二、三期招生

講席	現　職	時數
仉家彪	中歐貿易促進會秘書長	3
江丙坤	經濟部政務次長	3
唐秉鈞	中央社駐歐市特派員	3
王泰允	聯泰國際企管顧問公司董事長	6
劉維琪	中山大學管理學院院長	6
吳明憲	準華企管顧問公司總經理	6
沈有學	勝行國際公司副總經理	3
江顯新	喜馬拉雅研究發展基金會執行長	3
唐秉鈞	中央社駐歐市特派員	3
呂寬永	外貿協會加强對日拓銷與產銷協調執行小組組長	3
崔　中	友利相關事業公司總經理	3
呂寬永	外貿協會加强對日拓銷與產銷協調執行小組組長	3
黃　立	政治大學法律系副教授	3
蔡文凱	外貿協會市場開發二處副處長	3
熊一先	外貿協會市場開發二處專員	3
江顯新	喜馬拉雅研究發展基金會執行長	3
路塔基	西班牙辦事處主任	3
葉永芳	德時法律事務所律師	6
張錦源	政治大學國貿研究所教授	6
張錦源	政治大學國貿研究所教授	6
黃麟明	精通管理顧問公司總經理	6
駱建樹	美國運通銀行國際私人銀行部經理	6
朱志洋	友嘉實業集團董事長	3
洪星程	和通創業投資股份有限公司總經理	3
王泰允	聯泰國際企管顧問公司董事長	3
楊子江	中華開發信託公司副處長	3
劉必榮	東吳大學政治系教授	6
Ms. Lori Beckwith	外貿協會兼任教師	6
謝棟樑	外交部禮賓司副司長	6
Ms. Lori Beckwith	外貿協會兼任教師	24

144小時

經濟部委辦

對歐貿易經理高級班

本班特色

- 師資俱爲一時之選，由政府經貿主管、學者專家，業界傑出負責人及本會主管擔任授課。
- 上課在點適中，停車方便。階梯教室寬敞舒適，全年空調，設備完善。
- 全部課程係由學經驗豐富之課程協調人員精心安排，由數十名主講人各就所長，分別負責課程內各單元之授課及討論。

招生對象

- 外銷廠商、貿易公司等進出口相關企業中，從事國外業務、國際行銷等相關工作之主管。

招生名額

- 每期各50名。

班別

- A班：上課總時數120小時，以對歐行銷管理課程爲主（課程1～6單元）。
- B班：上課總時數144小時，除A班課程外，另加英文商業書信課程（課程第1～7單元）

上課日期

- 第二期：79年12月21日～80年4月3日
- 第三期：80年4月22日～80年7月24日

上課地點

台北市信義路5段5號台北世界貿易中心展覽大樓2樓培訓教室

證書頒發

修畢課程，缺課未超過全期上課時數1/10者，由本會發予結業證書。

課　　程
一、歐洲經貿情勢分析
1. 歐洲經貿情勢分析
2. 我國與歐洲各國之經貿關係
3. 歐洲單一市場貿易法規及對我業者之影響
二、對歐行銷管理
1. 行銷策略規劃
2. 價格策略
3. 自有品牌策略
4. 相對貿易及三角貿易
5. 對歐行銷通路及推廣組合策略
三、歐洲市場開發策略
1. 歐洲單一市場拓銷策略
2. EFTA 市場拓銷策略(一)
3. 東歐市場拓銷策略
4. EFTA 市場拓銷市場(二)
5. 東西德市場拓銷策略
6. 蘇俄市場拓銷策略
7. 法國市場拓銷策略
8. 荷比盧市場拓銷策略
9. 西班牙市場拓銷策略
四、貿易經營管理
1. 貿易經營問題與風險
2. 貿易契約訂定要領
3. 貿易糾紛之預防與解決
4. 進出口成本效益分析
5. 外匯操作
6. 財務危機因應之道
五、國際合作講座
1. 企業國際化之策略
2. 海外投資
3. 企業併購
六、貿易商談判技巧
1. 談判技巧
2. 英語簡報技巧
3. 對歐國際禮儀
七、英文商業書信技巧

貿易快訊
79年12月4日

輯四　中歐貿易促進會報告書

日期：中華民國六十九年十月八日至十月廿二日

赴丹麥、瑞典、挪威訪問報告

報告人：中歐貿易促進會
仉家彪

存檔專用

日期：中華民國七十一年六月一日至六月十二日

赴荷蘭、丹麥、瑞典舉行科學園區投資研討會訪問報告

報告人：中歐貿易促進會

仉家彪

日期：中華民國七十一年八月一日至八月四日
八月八日至八月十二日

地點：倫敦
維也納

參加
旅歐華僑團體聯合會第八屆年會
第十三屆世界華商貿易會議
報告

報告人：中歐貿易促進會
戴安國
仇家彪

日期：中華民國七十二年四月十三日至五月六日

赴德國、法國、瑞典、挪威舉行科學園區投資研討會及訪問芬蘭報告

報告人：中歐貿易促進會
仉家彪

日　期：中華民國七十三年五月十五日至六月八日

赴荷蘭、法國、瑞士舉行新竹科學園區投資研討會暨訪問挪威報告

報告人：中歐貿易促進會
仉　家　彪

日期：中華民國七十四年八月十八日至九月七日

參加旅歐華僑團體聯合會第十一屆年會暨訪問丹麥、瑞典、挪威、西德 報告

報告人：中歐貿易促進會
仉 家 彪

存檔專用

日期：中華民國七十六年九月六日至九月十九日

訪問西班牙、葡萄牙報告

中歐貿易促進會

仉家彪

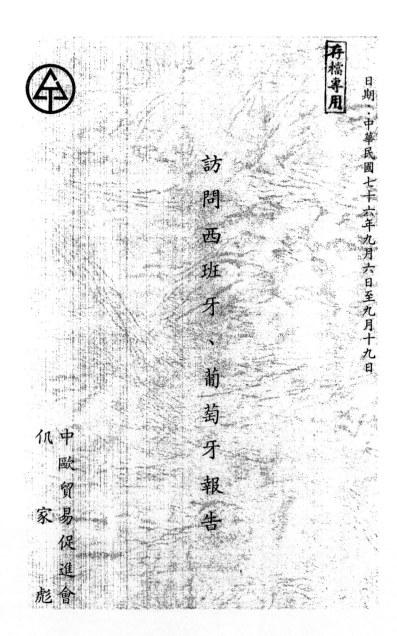

存檔專用

日期：中華民國七十八年三月六日至十四日
地點：西德、挪威

參加駐歐洲地區商務人員會議及訪問挪威報告

報告人：中歐貿易促進會
仉家彪

中華民國七十九年八月二日至八月十九日

參加旅歐華僑團體聯合會第十六屆年會暨訪問匈牙利與南斯拉夫報告

報告人：中歐貿易促進會
秘書長　仉家彪

中華民國七十九年九月二十三日至十月九日

訪問法國、德國報告

中歐貿易促進會

報告人：秘書長　仉家彪

存檔專用

中華民國八十年九月二十七日至十月二十二日

訪問西班牙、英國、德國訪問報告

報告人：中歐貿易促進會
秘書長　仉家彪

中華民國八十一年三月二十日至四月十一日

訪問德國、西班牙、比利時、義大利、香港報告

報告人：中歐貿易促進會
秘書長　仉家彪

中華民國八十一年十一月十二日至二十六日

訪問冰島、德國、瑞士、西班牙、法國報告

報告人：中歐貿易促進會
秘書長　仉家彪

中華民國八十二年六月十五日至二十五日

訪問希臘、德國報告

報告人：中歐貿易促進會
顧問 仉家彪

輯五　中國大陸機關團體邀請函

台湾国际经贸专家仉家彪先生
关于《世界经济贸易若干问题的演讲、研讨会》报名通知

近年来，台湾地区的经济贸易发展迅速。为了借鉴台湾地区发展经济贸易的经验教训，上海市外经贸教育培训中心、上海市人才服务中心联合举办仉(zhǎng)家彪先生《世界经济贸易若干问题的演讲会》，就当前世界经济贸易热点问题进行演讲和研讨，并与本市有关经贸企业主管探讨上海外经贸工作的若干问题。这对于我们沟通海外信息，拓宽视野，发展大外贸颇有好处。现将有关报名事项通知如下：

一、参加对象：

各区县局外经委(办)负责人、各开发区总公司、市外经贸各专业公司、各区县外经贸公司、工贸公司、有进出口自营权的企业、集团公司、三资企业的经理、业务主管以及高等院校、科研机构有关专业人员等。

二、演讲及研讨主题：

演讲三个主题：

1、世界贸易发展的回顾与展望以及世界经济区域整合的趋势

2、关税贸易总协定及乌拉圭回合谈判对世界贸易的影响

3、从市场经济的历史轨迹来看企业家对社会的责任与贡献

研讨会两个主题：

1、研讨上海市拓展及发展对外经贸关系问题

2、研讨上海市关于成立跨国经营的综合商社问题

三、时间安排：

共安排二天半，三个半天演讲，二个半天研讨。

具体时间定为5月4日下午及5日、6日全天。

四、演讲地点：

中山北一路1230号(曲阳路口)柏树大厦二楼会议厅

五、收费标准：

每人120元(含餐费、资料费)

六、报名时间、地点：

请报名者在4月18日－22日（上午8：30－下午4：30）到下列地点办理报名付费手续：

1、上海市外经贸教育培训中心，北京东路47号406室，邮编200002，联系人：丁辉君、吴万庆，联系电话：3217033，3295838×406。

2、上海市干部培训中心，复兴西路46号二楼，邮编200031，联系人：王伟领、许英英，联系电话：4313390×考评部。

郊县报名者可信函报名，同时将费用通过银行信汇，开户行：中国银行上海市分行，户名：上海外贸职工大学，帐号40303018191010089354，并将姓名、年龄、职务（职称）等情况函告北京东路47号报名处，听讲证、资料等在演讲当天向会务组领取。

上海市外经贸教育培训中心

上海市人才服务中心

1994年4月8日

仉家彪先生小传：

仉家彪，上海人，生于1929年，抗战期间经英国培训后在海军“重庆号”上工作，后去台湾，1969年起先后在台“外经贸部”、“交通部旅游局”、“外交部”供职，1978年从政府机构退职。此后，仉先生曾在台一家大的游艇建造公司任副总裁，后又在一商业集团任海外发展部总裁。1980年起仉先生加入“中欧贸易促进会”，该会是台各大贸易团体、大银行、政府企业、商业集团、大财务公司和法律公司、高技术公司组成并支持的非营利性民间组织，1990年起任该会秘书长。1982年以来仉先生一直担任台“经济部外贸局”顾问。现任台“中华经贸文化促进协会”（民间组织）副理事长。仉先生经常应邀在台、大陆及欧洲各地各种报告会、研讨会、研究会上演讲。

浙江台湾研究会

仉家彪副理事長：

根據閣下和傅杰先生與本會在杭州達成的在適當時候聯合舉辦學術研討會的意向，結合兩岸財稅、金融體制改革的情況，本着既務實又務虛的宗旨，本會擬于今年八月在杭州(或千島湖)舉辦有兩岸學者參加的"市場培育與財稅金融體制改革"研討會。現將本次學術研討會的選題及設想傳真予閣下，以便閣下與有關學者商研，敬候卓裁。同時，望閣下爲本次學術研討會聯絡與會學者。

一、市場培育與財稅金融體制改革研討會的選題

1、財稅方面：

(1)、市場培育中的稅制建設和運行；

(2)、市場培育中的預算體制建設；

(3)、市場培育中的社會保障體系；

2、金融方面：

(1)、專業銀行向商業銀行體制轉換問題；

(2)、市場經濟中的金融宏觀調控問題；

(3)、證券、期貨市場建設問題。

二、舉辦本次學術研討會的目的

通過本次學術研討會與會學者專家研討和交流，

提出兩岸財稅金融體制改革面臨的問題、難點，研究解決問題的對策性建議，以推動兩岸財稅金融界的交流與合作，加强本會與貴會的實質性合作關系。

三、研討會的發起和組織

學術研討會由浙江臺灣研究會和臺灣中華經貿文化促進會聯合發起。大陸學者由浙江臺灣研究會聯絡邀請，臺灣方面學者由貴會負責聯絡和邀請。研討會規模定在30人，臺灣、大陸各邀請15位左右。

四、學術研討會的會期和費用問題

鑒于與會的學者主要來自各大專院校的實際情況，研討會初步定在八月份，會期爲四天。與會代表的費用，根據慣例，臺灣或境外學者的往來機票費自理，會議期間的食宿和交通由本會負責解决。

浙江臺灣研究會

1994年3月28日

中華經貿文化促進會

CHINESE ASSOCIATION FOR TRADE AND CULTURAL PROMOTION

台北市新生南路一段50號904室 TEL:886-2-3975080 FAX:886-2-3568899
FL. 9-4,NO.50,HSIN SHENG S. RD., SEC.1,TAIPEI,TAIWAN, R.O.C.

TO：浙江省台灣研究會　　DATE：1994-7-6
ATTN：陳秘書長杭斌　　FAX NO：86-571-7053826
FROM：仉家彪　　PAGE：1

陳秘書長，您好：

關於參加八月八日至八月十二日去杭州舉辦「市場培育與金融體制改革」研討會的台灣學者專家已最後敲定爲十二人，增加宋畹九主任，她的履歷另以航郵寄上。謹將最後名單分列如下：

國立政治大學銀行系主任張春雄教授
國立台灣大學商學研究所魏啓林教授
國立政治大學財政研究所徐偉初教授
國立政治大學財政研究所陳聽安教授
中央研究院研究員及國立中興大學經濟學研究所胡春田教授
國立台灣大學財務金融系暨研究所黃達業副教授
國立政治大學財務金融研究所朱浩民副教授
中華經濟研究院陳金龍副研究員
私立嶺東商專銀行保險科宋畹九主任
群智聯合會計事務所黃春生會計師
理律法律事務所合夥人蔣德郎律師
證券期貨市場發展基金會研究組李瑞慶組長

屆時我將偕同上述學者專家參加研討會，專此奉告。

敬祝

暑安

副理事長 仉家彪 敬啓

台北：886-2-3568899

四川省人民政府台湾事务办公室用笺

台湾中华经贸文化促进会

仉家彪副理事长：

十一月十九日电函收悉。我们欢迎并邀请先生来四川访问及讲学。按你的要求，我们的安排是：12月3日上午与四川省外经委主管座谈；12月4日游览都江堰；12月5日上午请你主讲"世界经贸及投资的发展新趋势以及我们应有的对策"；下午参观新都宝光寺。12月6日在成都市内活动。来去及住宿等费用请自理。

中国国际贸易促进会四川分会
四川省海峡两岸交流促进会
四川省台湾事务办公室
一九九四年十一月二十二日

CH075·65·92·

台湾“中华经贸文化促进会”副理事长仉家彪成都活动日程表

日　期	活动内容	地　点	承办单位	参加人员
12月2日	接机场　晚6：00宴请	国贸酒楼	省贸促会	省海促会 省贸促会 省台研中心
12月3日	上午：拜会经贸委 下午：游览新都	省经贸委	省贸促会	省贸促会
12月4日	游览都江堰		省海促会	省海促会 省台研中心
12月5日	上午：报告会 下午：与海促会商谈合作事宜	省社科院	省台研中心	省海促会 省贸促会 省台研中心
12月6日	市内参观	南郊公园 武侯祠 杜甫草堂	省海促会	

注：如有变动，临时通知。

四川省海峡两岸交流促进会
中国国际贸易促进委员会四川省分会
四川省台湾研究中心

一九九四年十一月三十日

南京大学國际商学院

中欧贸易促进会仇家彬秘书长
Fax：886-2-3928393

尊敬的仇秘书长：

传真收悉，谢谢！

我们非常高兴地邀请您、蒋律师、江总经理四月二十五日至二十七日访问我校，并作学术讲演。

1. 已为你们代订金陵饭店单人房三间，蒋、江25、26两租，您为25－27日三租。

2. 蒋、江报告安排在26日上午，请来函告知我他们的报告题目，并请他们将讲稿或纲要寄我，以便我们发通知和安排。

期待着四月在南京欢迎你们！

愚弟 赵曙明
93.3.13.

南京大学国际商学院

尊敬的仉先生：

您好！非常感谢您这次百忙之中来我校讲学，您的讲座，对我们收益很大，大家包括实业界听众一致评价很高，是公认的一次十分难得的讲座，我们真诚希望今后能有更多的与您合作的机会，保持经常联系，并欢迎您能再次光临我校。

再次深表谢意。

致

礼！

赵曙明
93.5.3.

又及：希望您与静宜大学曾教授联系，早日促进两岸工商界人士培训交流了。

台湾中欧贸易促进会秘书长仉家彪先生
赴武汉讲学日程安排

5月2日	接机(南湖机场)
5月2日	宴请
5月3日上午	游览(东湖)
5月3日下午2时	演讲　题目:世界经济集团化及贸易区域化的趋势及因应之道
5月4日上午	游览(黄鹤楼、归元寺、电视塔)
5月4日下午	演讲(题目:欧洲单一市场对世界贸易的影响
5月5日上午	游览市容(汉口)
5月5日下午	与教师、研究生座谈　题目:如何促进两岸经济贸易发展
5月5日晚	饯行
5月6日	机动

台湾学者仉家彪先生来沈讲学日程安排

时间	内容	地点
5月9日 (星期日)	(1).仉家彪先生由北京乘6102航班21:40时抵沈， 陈永浩、武定国、李成山接机.	下榻友谊宾馆
5月10日 (星期一)	(1).9时，张仁寿会长、陈永浩副会长看望仉家彪先生.	友谊宾馆
	(2).10时，参观北陵公园，陪员：武定国、张志斌、关宇.	北陵公园
	(3).13:30时，仉家彪先生就台湾经济发展得失及两岸经贸合作的问题演讲，并与辽宁省台湾研究会会员座谈. 参加人员：徐少甫、刘庆奎、张仁寿，台研会副会长副秘书长，台研会部分团体会员、个人会员及省直有关部门人员约120人.	辽宁大厦 八楼会议室
	(4).17时，以台研会名誉会长、顾问、会长的名义宴请仉家彪先生.	另　定
5月11日 (星期二)	(1).9时，参观大帅府(张学良旧居陈列馆).	
	(2).10时，参观沈阳故宫.	
	(3).11时，参观辽宁彩电塔.	
	(4).12时，在彩电塔旋转餐厅就餐. 陪员：武定国、李成山、张志斌、关宇.	
	(5).14:30时，仉家彪先生与辽宁大学学者就关贸总协定和欧共体经济整合问题进行座谈.	辽宁大学
	(6).辽宁大学宴请.	另　定
5月12日 (星期三)	(1).上午不安排活动.	
	(2).14时，仉家彪先生以关贸总协定和东南亚区域经济情况为题在沈阳财经学院演讲，并与该院师生座谈.	沈阳财经 学　院
	(3).17时，沈阳财经学院宴请.	该院餐厅
5月13日 (星期四)	(1).仉家彪先生乘12:55时6301或6302航班飞广州. 张仁寿、武定国、张志斌前往送行.	桃仙机场

邀　请　函

仉家彪先生：

　　您好！

　　欣闻先生月内将来津探亲，并知悉您多年从事国际经贸的理论研究，造诣颇深。为进一步加强两岸学术交流，请仉先生於今年十一月一、二日[illegible]，讲演题目拟定为“欧洲共同体市场的发展对中国对外贸易发展的影响”。

　　活动具体安排如下：

　　上午：9点至11点座谈；

　　下午：2点至4点半讲演。

如蒙惠允，不甚荣幸。

专此恭候回复

顺颂

安康！

天津财经学院

一九九四年十一月十五日

我院FAX：

0086-22-8340028

仉家彪先生来院讲学日程表

1994.11.25

天津财经学院

时间	上午		下午
	9:00—10:30	10:40—12:00	2:00—4:30
内容	座谈 主持人: 杜金岭副院长	何桂林院长会见并颁发客座教授聘书	演讲: 题为"欧洲共同体市场的发展对中国对外贸易发展的影响"
地点	培训中心 二楼会议室	205 会议室	东院二楼 西阶梯教室
参加人员	国际贸易系 经济研究所 教授及研究人员	何院长、杜副院长及有关人员	国际贸易系、经济研究所、研究生部师生

洛阳工学院

仉家彪先生：

您好！

欣悉您在大连理工大学、杭州大学、河北财经学院的讲学、讲演反应热烈、颇获教益，谨邀请您于１９９５年４月间在洛阳牡丹花会之际到洛阳工学院、工商学院进行有关“国际贸易”、“世界市场”、“国际旅游”等方面的讲学，若承蒙应允，请提前函告，我们再进一步协商时间及具体内容。

我将十分高兴能在九朝古都、牡丹花城与仉先生会面叙谈。

祝您教安！

此　致

敬　　礼

洛阳工学院工商学院

院　长：梁保桂　梁保桂

洛阳工学院 工商学院

１９９４.１２.２８

中国妇女管理干部学院 山东分院用笺

邀请函

仉家彪教授：

为增进对世界经济发展趋势的了解，学习、借鉴海外发展国际贸易的经验，我院拟冒请您于本年5月中旬来我院讲学半天。如蒙惠允，不甚荣幸，在此恭候回复。

顺颂

春安

中国妇女管理干部学院

山东分院

一九九五年三月十三日

山东财政学院
SHANDONG FINANCE INSTITUTE

邀　请　函

仉家彪教授：

为了加强两岸间的文化交流，特邀请您于一九九五年五月八日到五月十日来我院做有关国际经贸方面的讲座，如蒙赐教，深感荣幸。

顺颂

安康

山东财政学院

一九九五年三月十三日

山東財政學院
SHANDONG FINANCE INSTITUTE

仉家彪教授：

十分感谢您此次能来我院作学术报告。

您在报告中对当前世界经济的格局分析精辟，并佐以大量的第一手史实及详尽的数据，讲得生动形象，深入浅出，使我院广大师生受益匪浅， 在此再次向您表示感谢！

山东财政学院　院长

卢希悦

1995年5月10日

40 SHUNGENG ROAD JINAN P. R. CHINA 250002
中國·濟南 · 舜耕路 40 號 250002
PHONE 電話：272920—2214
FAX 傳真：(0531)272922

政协枣庄市委员会

何家骅先生：

您好！一九九四年九月，枣庄市海外联谊会成立时，根据张前修的推荐，您被推选为枣庄市海外联谊会的名誉理事。因当时您有其他公务未能来枣庄赴会。据悉，您将于今年四月赴上海参加一个会议，故请您届时前往来我市讲学或考察，如能来，请预先将所乘车次、到达车站、日期电话告诉我们，以便接待。联系电话（05471）314042或316828。

恭候您的光临。

枣庄市海外联谊会

95.4.27

山东枣庄市海外联谊会
SHAN DONG ZAO ZHUANG
THE OVERSEAS FRIENDSHIP ASSOCIATION

台　湾

　　中欧贸易促进会：

　　谨邀请仉家彪先生，于一九九三年九～十月间，来河北省石家庄市河北财经学院讲学七天。

河　北　财　经　学　院

院长

一九九三年　月　日

河北财经学院
HEBEI INSTITUTE OF FINANCE & ECONOMICS

NO. 106. HONGQI STREET, SHIJIAZHUANG, HEBEI PROVINCE, CHINA
POSTCODE: 050091　TEL: 0086—311—334108　FAX: 0086—311—333869

FAX NO. 00886-2-3568899　DATE. 1994. 10. 26
TO: 中华经贸文化促进会　TOTAL PAGES: 1

邀请函

中华经贸文化促进会:

　　兹邀请贵促进会副理事长仉家彪先生于1994年11月下旬来我院讲学。

致

礼

河北财经学院院长

1994年10月24日

电话：0311—334108
传真：0311—333869
邮编：050091
地址：石家庄市红旗大街 106 号

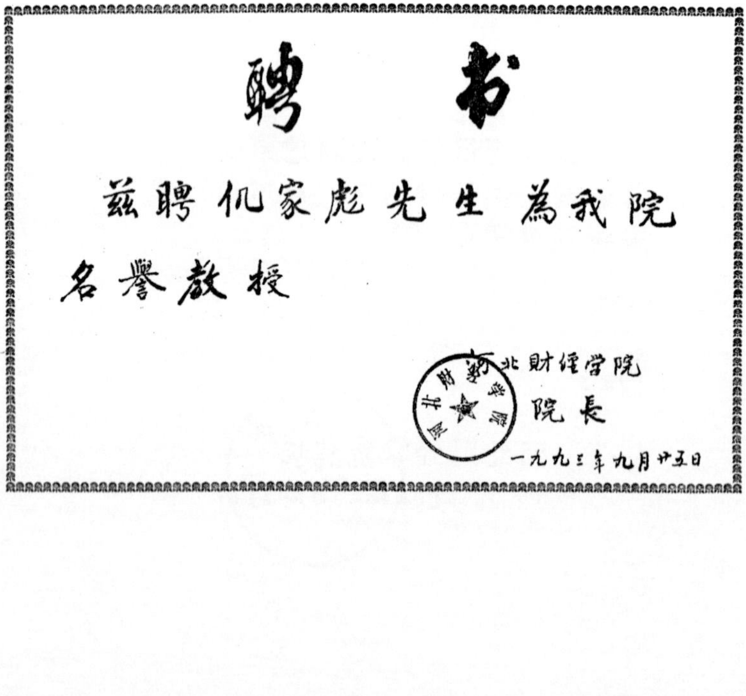

聘書

茲聘仉家彪先生為我院名譽教授

河北財經学院
院長

一九九三年九月廿五日

８８６－２－３９２８３９３

仇家彪先生：

您好！

来函收悉，很高兴地知道您将于１０月来合肥和常州讲演。欢迎您１０月１６日－－１９日来宁访问。我们可与江苏省海峡两岸关系研讨会陆建文秘书长联系，共同安排您作一次报告。

祝好！

南京大学国际商学院代院长
赵曙明教授

一九九五年九月六日

邀　请　函

仉家彪先生台鉴：

经常州欧美同乡会裴爵三先生引荐、为吸取海外发展国际贸易的先进经验，沟通信息，拓宽视野，提高素质和办事能力及水准，推动我市外向型经济的发展、我市政府台湾事务办公室和市国际合作培训中心将联合特邀您在赴宁、沪讲学之机，忙中抽空能来常指导，我们按您阁下的意见初步设想如下：

10、19上午　迎接
　　　下午　讲学
10、20上午　讲学
　　　下午　座谈
10、21一天　参观
10、22上午　机动
　　　下午　送行

讲学内容：

(1) 世界经济发展趋势对中国贸易的影响

(2) 台湾经济发展的得失及两岸经贸合作的趋势

日程安排及题目当否，恳望赐教，如蒙惠允，将不甚荣幸。欢迎您及朋友光临常州能否将您随行的朋友尊姓大名及职务，一并提供。专此恭候回复。

即颂

时祺！

常州市人民政府台湾事务办公室
常州市国际合作培训中心　敬邀

一九九五年九月二十日

附：裴爵三宅电(0519)　6686986

常州市人民政府臺灣事務辦公室

王燕萍 主任

地址：江蘇省常州市
雙桂坊61號
郵編：213003
電話：(0519)6608619
傳真：(0519)6608619
宅電：(0519)6606689

台湾中欧贸易促进会顾问仉家彪先生来常讲学的日程安排

时　间	内	地　点
10、19 上午	游15次火车到常	下塌常州宾馆
下午 2:00—5:00	演讲：世界经济发展趋势对中国贸易的影响	市府1号楼5楼会议室
10、20 上午 8:00—11:00	演讲：台湾经济发展的得失及两岸经济合作趋势	市府1号楼5楼会议室
下午 3:00—5:00	演讲：世界经济发展趋势对中国贸易的影响	江苏化工学院
10、21 上午 8:00—11:00	参观：市工业展览馆、新区、常州工业技术学院等	
下午 2:30—5:00	座　谈　会	常州宾馆会议室
10、22 上午 下午	游　　览	
10、23 上午	送　　行	

江苏石油化工学院 中国·常州·
JIANGSU INSTITUTE OF
PETROCHEMICAL TECHNOLOGY
CHANGZHOU, CHINA 213016
TEL：(0519)270496
FAX：(0519)273015
CABLE：4100

仉家彪先生：

欣闻您来常访问，十分高兴。

仉先生对国际经济贸易的形势和发展趋势具有深刻的研究和独到的见解。我相信，您渊博的知识，将会对我院的教学科研给予很大的帮助。特邀请您于10月20日下午3 ：00来院为师生作关于“世界经济发展趋势及对中国贸易的影响”的报告。

敬请光临。

江苏石油化工学院

院长：高錫祺

一九九五年十月十八日

常州工业技术学院

邀请信

尊敬的仉家彪先生：

欣闻您莅常讲学，欢迎之至！

本院办学以来，全体师生团结实干，锐意进取，取得了卓著的成绩，现已成为常州地区颇具声望的一所高等学府，与海内外各界人士亦保持着经常的、良好的接触与交流。本人及全院教职学员非常敬佩先生的学识与资历，谨此诚邀您在百忙之中来我院考察、指导。深信通过此行，定能进一步增进我们之间的友谊，建立起广泛的合作和交流关系。

常州工业技术学院

院长

一九九五年十月十七日

南京经济学院

邀请函

仉家标先生台鉴：

敬悉先生在经贸领域学识广博，早为学界所敬慕。为促进我院教学、科研，密切海峡两岸学术交流，特邀请先生于1995年10月来我院访问交流，并为学院师生就世界贸易与投资发展趋势作专题讲座。特致此函。

院长：靳祖训

南京经济学院

一九九五年十月十二日

福建農業大學

仉家彪先生钧鉴：

欣闻您将于今年10月间来榕讲学，经中国贸促会福建分会引荐，知您在经贸方面造诣颇深，拟邀请您来我院作学术报告，题目为：当今世界经贸发展现状及其趋势。

即颂

安祺！

福建农业大学经贸学院
1995年10月22日

（印：经贸学院）

上海市歐美同學會

TELEFAX MESSAGE TO 台灣中歐貿易促進會仉家彪先生

FAX No: 0088623928393

DATE 1993 2 12

仉家彪同學：1、接2/9傳真，欣悉您能參加分會年會活動，至表歡迎。趁您來滬之便，我會將於四月廿三、廿四兩日舉行"面向世界經貿"講座暨咨詢會議（名稱暫定），請會內外有關方面參加。除邀請您主講"世界經濟集團化、貿易區域化及因應之道"外，敬請代邀蔣德郎大律師主講"合資及技術合作的有關法律"、江天錫總裁主講"國際財務及融資事項"。咨詢研討時將投資項目洽談列入。

2. 同學會只能按規定安排住宿，因此，擬安排在上海交通大學教師活動中心（華山路1954號，電話：4710710），這是國外專家教授講學下榻之處。四月廿二、廿三、廿四講座期間我會支付費用。吋於是同學，敬祈鑒諒並請代向蔣、江二位說明為感

覆電 FAX 0086-21-3290929 SORSA. YUAN

常務副會長 袁維藩 上

中国科学技术大学

仉先生,

谢谢您寄来的贺卡。合肥听君一席讲演,很受启发。十分欢迎您有机会再来华东时屈尊来我校再次讲学。那些年青的学子期待的眼神您一定会历历在目,欢迎多赐教,多提供信息,以使两岸的年青人在新世纪中有更多的作为。即

颂新春愉快

中国科技大学商学院

方兆本

1996.1.12

(1101—77—91—1)

血歷史123　PC0728

新銳文創
INDEPENDENT & UNIQUE

不教青史盡成灰
——仉家彪書函檔案

作　　者	仉家彪
責任編輯	杜國維
圖文排版	楊家齊
封面設計	楊廣榕

出版策劃	新銳文創
發 行 人	宋政坤
法律顧問	毛國樑　律師
製作發行	秀威資訊科技股份有限公司 114 台北市內湖區瑞光路76巷65號1樓 電話：+886-2-2796-3638　傳真：+886-2-2796-1377 服務信箱：service@showwe.com.tw http://www.showwe.com.tw
郵政劃撥	19563868　戶名：秀威資訊科技股份有限公司
展售門市	國家書店【松江門市】 104 台北市中山區松江路209號1樓 電話：+886-2-2518-0207　傳真：+886-2-2518-0778
網路訂購	秀威網路書店：https://store.showwe.tw 國家網路書店：https://www.govbooks.com.tw

出版日期	2018年5月　BOD一版
定　　價	240元

國家圖書館出版品預行編目

不教青史盡成灰：仉家彪書函檔案 / 仉家彪著.
-- 一版. -- 臺北市：新銳文創, 2018.05
面；　公分. -- (血歷史；123)
BOD版
ISBN 978-957-8924-17-8(平裝)

856.286　　107006569

讀者回函卡

感謝您購買本書，為提升服務品質，請填妥以下資料，將讀者回函卡直接寄回或傳真本公司，收到您的寶貴意見後，我們會收藏記錄及檢討，謝謝！

如您需要了解本公司最新出版書目、購書優惠或企劃活動，歡迎您上網查詢或下載相關資料：http:// www.showwe.com.tw

您購買的書名：________________________

出生日期：________年________月________日

學歷：□高中（含）以下　□大專　□研究所（含）以上

職業：□製造業　□金融業　□資訊業　□軍警　□傳播業　□自由業

□服務業　□公務員　□教職　□學生　□家管　□其它_____

購書地點：□網路書店　□實體書店　□書展　□郵購　□贈閱　□其他

您從何得知本書的消息？

□網路書店　□實體書店　□網路搜尋　□電子報　□書訊　□雜誌

□傳播媒體　□親友推薦　□網站推薦　□部落格　□其他__________

您對本書的評價：（請填代號　1.非常滿意　2.滿意　3.尚可　4.再改進）

封面設計____　版面編排____　內容____　文／譯筆____　價格____

讀完書後您覺得：

□很有收穫　□有收穫　□收穫不多　□沒收穫

對我們的建議：________________________

____

____

____

請貼
郵票

11466
台北市內湖區瑞光路 76 巷 65 號 1 樓
秀威資訊科技股份有限公司 收
BOD 數位出版事業部

（請沿線對折寄回，謝謝！）

姓　名：__________ 年齡：______ 性別：□女　□男

郵遞區號：□□□□□

地　址：____________________

聯絡電話：(日) __________ (夜) __________

E-mail：____________________